Alliance impossible

© Hachette Livre, 2007, pour la présente édition.
Novélisation : Sophie Marvaud
Conception graphique du roman : François Hacker

Hachette Livre, 43, quai de Grenelle, 75015 Paris.

fJora

Fée de la nature, douce et généreuse, elle est à l'écoute des plantes et elle sait leur parler. Cela nous sort de nombreux mauvais pas !

Tecna

Sous son apparence directe et un peu punk, elle cache une grande débrouillardise. Normal, elle est la fée des sciences et des inventions !

musa

Fée de la musique, orpheline, elle possède une grande sensibilité. Face au danger, pourtant, elle n'hésite pas à utiliser la musique comme une arme !

Lockette

Chatta

Piff

Les mini-fées sont de minuscules créatures magiques qui ont pour mission d'aider les fées à remplir leurs devoirs. Lorsqu'une fée et une mini-fée deviennent inséparables, on dit qu'elles forment une connexion parfaite. Chaque Winx est impatiente de trouver la mini-fée qui lui correspond !

Digit

Tune

Amore

Les mini-fées sont sous la protection de leur grande amie fée : Layla. Pour échapper à ses ennemis, celle-ci devient une nouvelle élève d'Alféa. Pourra-t-elle s'intégrer au groupe des Winx ?

L'université des fées est dirigée par l'adorable Mme Faragonda. Celle-ci en sait souvent bien plus long qu'elle ne veut nous le dire.

Au royaume de Magix,
un lieu hors du temps et de l'espace,
la magie est quelque chose de
normal. En plus d'Alféa, deux écoles
s'y trouvent : la Fontaine Rouge et
la Tour Nuage. Les Spécialistes
fréquentent l'école de la Fontaine
Rouge. Ah ! les garçons…
Nous craquons pour eux parce qu'ils
sont charmants, généreux,
dynamiques… Mais ils se disputent
tout le temps. Dur pour eux
de former une équipe aussi
solidaire que la nôtre.

Prince Sky, héritier du royaume d'Éraklyon, avait échangé son identité avec celle de son plus fidèle ami : Brandon. Ainsi a-t-il pu échapper à ses ennemis. Bon et courageux, il a su toucher mon cœur…

Brandon, celui que l'on prenait auparavant pour Prince Sky, est aussi charmant que dynamique. Pas étonnant que Stella craque pour lui !

Riven n'a vraiment pas un caractère facile ! Mais son côté romantique ne laisse pas indifférent certaines jeunes fées et sorcières…

Timmy, plein d'astuce et d'humour, intéresse fort Tecna. N'aurait-il pas quelques défauts lui aussi ? Est-il vraiment aussi courageux que ses amis ?

Convoité par les forces du mal,
Magix est le lieu d'affrontements
terribles.

 Le Phoenix est le plus puissant de nos ennemis. Squelette dissimulé dans une armure, ou bien oiseau de feu, il change d'apparence à volonté. Mais qui est-il exactement ? Et que cherche-t-il ?

 Sous les ordres du Phoenix, l'armée des ténèbres est composée d'un grand nombre de créatures monstrueuses et malfaisantes.

Associées au Phoenix, trois sœurs sorcières forment un groupe uni et redoutable : les Trix. Obsédées par leur recherche insatiable de pouvoirs magiques, elles sont prêtes à tout pour anéantir les Winx !

Icy, qui est à la fois l'aînée des Trix et leur chef, a pour armes préférées les cristaux de glace, le blizzard, les icebergs.

Stormy sait déclencher tornades et tempêtes.

Darcy utilise des sortilèges mentaux : elle crée des illusions de toutes sortes qui peuvent rendre fou.

Mme Griffin est la directrice de la Tour Nuage, l'école des sorcières. Mme Faragonda semble lui faire confiance. Mais je me demande si ce n'est pas une erreur…

Musa a donné son premier concert et ce fut un grand succès. Chacune de nous, les Winx, découvre peu à peu toute la richesse de ses talents.

De son côté, le terrible Lord Darkar ne reste pas inactif. Grâce aux Trix, il a réussi à récupérer l'une des parties du Codex, celle qui était cachée à l'école de la Fontaine Rouge. Il lui reste trois documents secrets à retrouver, pour devenir… le maître de Magix !

Pour la suite de nos aventures, je laisse la parole à Tecna.

Chapitre 1

Les Winx changent d'école

Nous, les Winx, avons été convoquées dans le bureau de la directrice. À la droite de Mme Faragonda se trouve Myrta, une jeune sorcière qui nous a parfois aidées à lutter contre les Trix.

— Mes chères fées, commence notre gentille directrice, j'ai besoin de vous pour une mission très délicate. Mme Griffin, ma collègue de la Tour Nuage, s'inquiète pour son école de sorcières. La deuxième partie du Codex s'y trouve. Et vous savez que c'est la prochaine cible de Lord Darkar... Il va sûrement envoyer les Trix pour le récupérer.

Nous hochons la tête.

— J'ai donc décidé que vous poursuivriez votre scolarité là-bas. Vous ferez alliance avec les

sorcières, afin de protéger le Codex.

— Quoi ?

— Ce n'est pas sérieux !

— Les sorcières sont nos ennemies !

— Face à Lord Darkar,

explique Mme Faragonda, fées et sorcières doivent mettre leur rivalité de côté.

— Il est hors de question que je porte leur uniforme ridicule ! s'écrie Stella.

De mon côté, je consulte rapidement les données de mon ordinateur magique.

— Jamais dans l'histoire de Magix, des sorcières n'ont accepté la collaboration des fées !

— C'est vrai, Tecna. Aussi ai-je demandé pour vous l'aide de Myrta, que vous connaissez déjà.

À la droite de la directrice, la jeune sorcière nous sourit timidement.

— La collaboration des fées et des sorcières ne sera pas facile, reconnaît cette dernière. Les élèves de la Tour Nuage disent que la vie est trop facile à Alféa. Et que vous ne tiendrez pas deux jours avant de repartir en pleurant !

— En plus, elles nous injurient ! s'exclame Musa.

— Allons, mesdemoiselles, dit Mme Faragonda, vous êtes au-dessus de ça ! Vous allez montrer que vous êtes plus ouvertes que les sorcières.

— D'accord, madame, dit Bloom. Cette mission ne nous enchante pas, mais nous l'acceptons.

— Bravo ! Et merci...

Quelques heures plus tard, nous montons l'immense rampe qui conduit à la Tour Nuage. Autant l'école d'Alféa est accueillante, autant celle des sorcières ne l'est pas ! Accrochée à

un éperon rocheux qui attire les orages, la forteresse est tout en piques, en pointes et en rampes vertigineuses.

— La décoration est originale, dit Layla pour se donner du courage.

— Attention ! dis-je. La Tour irradie de l'énergie magique des sorcières, qui est produite par leurs émotions négatives.

— Vraiment, Tecna ? Eh bien, heureusement que les mini-fées ne nous ont pas accompagnées ! Toute cette mauvaise énergie leur aurait donné un mal de tête carabiné !

Deux femmes professeurs, longilignes et vêtues de manière sinistre, nous attendent devant l'entrée.

— Quel étrange bâtiment, murmure Bloom.

— La Tour Nuage n'est pas
un bâtiment ! la reprend l'une
des enseignantes. C'est un être
vivant !

— Les douves sont ses racines
et les tours sont ses branches,
explique l'autre professeur.

Flora contemple la forteresse de métal, l'air dubitatif.

— Des racines... Des branches... Vraiment ?

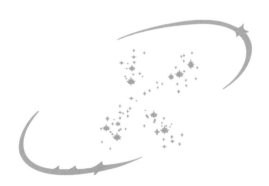

Chapitre 2

Premier cours de magie noire

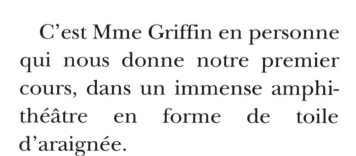

C'est Mme Griffin en personne qui nous donne notre premier cours, dans un immense amphithéâtre en forme de toile d'araignée.

— Mes chères sorcières, nous allons apprendre à nos invitées d'honneur quelques notions de magie noire pour débutants...

Je chuchote à l'oreille de Bloom :

— Elle cherche à nous ridiculiser !

Mme Griffin tend son index vers Flora.

— Viens sur l'estrade, toi. Nous allons essayer un exercice très simple.

Flora se lève, mal à l'aise.

— J'avais cru comprendre qu'on s'exercerait en groupe...

Les élèves de la Tour Nuage éclatent de rire.

— Les sorcières ne s'exercent

jamais en groupe ! s'exclame Mme Griffin. Une coéquipière finira toujours par vous trahir ! Nous les sorcières, apprenons à ne compter que sur nous-mêmes.

— Ça ne donne pas très envie de rester ici, dis-je à voix basse.

Mais Mme Griffin a l'oreille fine :

— Silence, Tecna ! Ouvrez votre manuel à la page 3227.

Un peu plus tard, toute la classe se concentre, selon les indications de la directrice :

— Rappelez-vous... toutes les fois où quelqu'un vous a empêchées de faire ce que vous vouliez... où vous avez été la victime d'une injustice... où vous vous êtes senties en colère, frustrées, stressées, et abandonnées... Que ces sentiments négatifs servent de carburant pour créer votre boule d'énergie maléfique !

La directrice de la Tour Nuage passe dans les rangs, afin de vérifier que tout le monde tient une boule magique dans sa main.

— La magie noire fait appel à la part de noirceur qui est enfouie en chacun de nous...

Elle s'arrête devant Stella, dont la boule de feu ne ressemble pas aux autres.

— Désolée, explique notre amie. Moi, je ne sais produire de la magie qu'avec la lumière du soleil !

Griffin s'énerve aussitôt :

— La note que tu auras à cet exercice sera dans ton dossier scolaire ! Avec mes commentaires !

Stella ne se laisse pas démonter :

— Si vous aviez déjà vu mon dossier, vous sauriez qu'une

mauvaise note de plus ou de moins...

Par chance, l'attention de Mme Griffin est attirée par la boule produite par Bloom, juste à côté de Stella.

— Tiens, tiens... Comme c'est

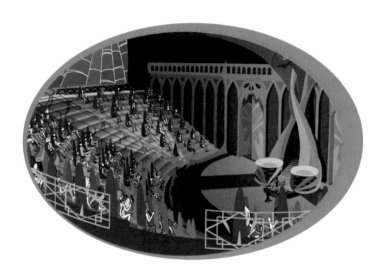

étrange ! En temps normal, une fée est incapable de produire autant d'énergie maléfique !

Notre amie paraît très gênée.

— J'ai eu beaucoup de soucis, ces derniers temps...

Griffin éclate de rire : l'exploit de Bloom semble la mettre de très bonne humeur. J'en frissonne. Qu'est-ce que cela veut dire, exactement ? Est-ce que nous, les fées, nous ressemblons un peu aux sorcières ? Non, ce n'est pas possible ! Elles ne pensent qu'à leur propre pouvoir, et se moquent de la souffrance des autres. Tandis que nous, les fées, nous apportons autour de nous de l'amitié, de la bonne humeur, et du courage !

Chapitre 3

Ce que Tecna ne sait pas

Pendant que les élèves de la Tour Nuage sont regroupées dans l'amphithéâtre, trois ombres se faufilent d'une pièce à l'autre. Dans une salle vide, Stormy lance un sort sur une étagère de fioles, qui explosent.

— Arrête un peu tes bêtises ! hurle Icy. Tu vas attirer l'attention de la directrice !

— Mais j'ai besoin de me défouler ! Cette chasse au trésor est trop frustrante !

— Le Codex est bien quelque part ! enrage Darcy.

Les deux sœurs se retournent vers leur aînée.

— Icy, puisque nous avons le contrôle de la Tour, pourquoi on ne lui demande pas de nous remettre le Codex ?

La chef des Trix hausse les épaules.

— Nous n'avons pas le contrôle de toute la Tour, Darcy ! Griffin continue d'en protéger certaines parties. Et son pouvoir a été renforcé par la présence des Winx.

— Grrr ! Une fois de plus,

elles nous mettent des bâtons dans les roues !

— Ne vous inquiétez pas, ricane Icy. L'ambiance de la Tour Nuage va bien finir par déteindre sur ces petites idiotes ! Lorsqu'elles commenceront à se disputer entre elles, il sera très facile de les mettre hors d'état de nuire... L'une après l'autre...

Chapitre 4

Alliance très difficile

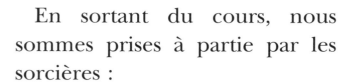

En sortant du cours, nous sommes prises à partie par les sorcières :

— Nous connaissons bien les Trix. Nous n'avons pas besoin de vous pour les arrêter !

— De toute façon, dit Stella, je

n'ai aucune envie de faire équipe avec vous.

— Stella ! s'énerve Musa. Tu es pire que les sorcières.

— Je m'en fiche, répond Stella. Je dis ce que je veux !

Pendant ce temps, les sorcières nous regardent de haut.

— Vous avez déjà perdu deux fois contre les Trix, non ?

Bloom pâlit.

— C'est la vérité, dis-je, mais...

Je n'ai même pas le temps de raconter comment Darkar a renforcé le pouvoir des Trix, lorsqu'il les a délivrées du monastère de Rocalus. Stella me crie :

— Mais de quel côté es-tu ?

L'une des sorcières éclate de rire :

— Mais c'est pathétique ! Les fées n'arrivent même pas à s'entendre entre elles !

Myrta s'interpose :

— Si les Trix récupèrent le Codex à cause de notre manque de coopération, qu'est-ce qu'on dira à Mme Griffin et à Mme Faragonda ?

— Commençons par explorer la Tour, propose Bloom. Vous qui la connaissez bien, montrez-nous toutes les voies d'accès...

Elle est interrompue par une sorcière qui surgit, essoufflée :

— J'ai vu les Trix ! Elles viennent de pénétrer dans la Tour !

Je réfléchis à voix haute :

— Nos précédents affrontements nous ont appris que nous n'avions aucune chance de les vaincre...

— Merci Tecna, tu es encourageante !

— ... Sauf si nous les prenons par surprise ! Le mieux serait de repérer le Codex en premier !

— Et tu comptes t'y prendre comment, pour trouver le Codex ? se moque Bloom.

Je sors de ma poche mon ordinateur magique.

— Pas de problème, les filles. Avec cette petite merveille de techno-magie, je vais calculer sa position...

— Je n'ai aucune confiance en ce machin ! dit Stella.

— Si tu n'as rien de plus intelligent à dire, garde-le pour toi ! réplique Layla.

— Très bien. Débrouillez-vous sans moi !

Et Stella disparaît dans un couloir.

— Tant pis pour elle ! dit Bloom. Moi, je vais aller voir l'endroit où cette sorcière a aperçu les Trix. Suivez-moi si ça vous chante !

Elle se met à courir dans la direction opposée à celle où est partie Stella. Flora hésite, puis la suit. Musa grommelle :

— Je suis persuadée que toutes les sorcières sont de mèche avec les Trix ! On ne peut pas leur faire confiance.

Elle s'éloigne de son côté, bientôt rejointe par Layla. Me voilà donc seule, à suivre les indications de mon ordinateur magique ! Tant pis ! Statistiquement, c'est mon plan qui a le plus de chances de réussir !

Chapitre 5

Ce que Tecna ne sait pas

Quelque part dans la Tour, les Trix espionnent les fées à distance grâce à leurs pouvoirs magiques.

— Oh ! Regardez ! Que fait Tecna ? demande Darcy.

— On dirait qu'elle a trouvé

un moyen de repérer le Codex !
réplique Stormy.

— Excellente initiative ! Voilà
qui va nous faire gagner du
temps..., conclut Icy.

Après avoir suivi quelques couloirs tortueux, les Trix parviennent dans la salle où Tecna
poursuit ses recherches sur son
ordinateur magique.

La fée des techniques vient de
faire apparaître une image de la
Tour Nuage en trois dimensions.
Elle réfléchit à voix haute :

— Puisque la Tour est une
créature magique, cela signifie

qu'elle est traversée d'un flot de magie, un peu comme un humain est parcouru par le sang... Il me faut trouver l'origine de ce flot, le lieu qui lui fournit son énergie... C'est-à-dire... le cœur de la Tour !

Les Trix s'approchent de Tecna... Elle se retourne et se met aussitôt en position de combat :

— Magie des Winx !

— Je ne vois aucune autre Winx dans les environs ! rigole Icy. Tu ferais mieux de nous indiquer tout de suite où se trouve le Codex !

— Pas question !

Courageusement, Tecna tient tête aux Trix. Mais pendant qu'elle pare une attaque de

Stormy, Icy lui lance un sort glacial. Tecna est emprisonnée dans un glaçon géant. Elle s'évanouit.

Avec curiosité, les Trix s'approchent de l'image en trois dimensions qui représente la Tour.

— Son cœur se situe... là ! dit Icy, en indiquant une salle centrale qui semble palpiter.

— Bientôt, le Codex sera à nous ! s'écrie Darcy.

En chemin, les Trix rencontrent Musa et Layla, en compagnie de plusieurs sorcières. Mais toutes sont en train de se disputer ! Il est très facile pour les Trix de concentrer l'énergie malé-fique que leurs adversaires déga-gent en se querellant. Elles n'ont plus qu'à la renvoyer sur leurs ennemies, sous la forme d'un sortilège qui les repousse aux quatre coins de la salle...

Chapitre 6

Le cœur
de la Tour

Je sors peu à peu de mon éva-
nouissement glacé, grâce aux
soins magiques de Flora. Elle me
raconte qu'elle était avec Bloom
quand elle m'a découverte, mais
que cette dernière a préféré partir seule vers le cœur de la Tour,
à la poursuite des sorcières.

Dans un couloir, nous retrouvons Musa, Layla et plusieurs autres sorcières. Les Trix les ont attaquées, et elles continuent à se quereller pour savoir à qui reprocher cette défaite. Flora s'interpose :

— Arrêtez ! Vous ne comprenez pas ? La Tour Nuage est remplie d'énergie négative ! Sans que vous vous en rendiez compte, elle vous encourage à être méchantes les unes envers les autres...

Je l'interromps :

— Venez vite ! Bloom est

seule avec les sorcières, là où se trouve le Codex !

Nous courons à perdre haleine. En surgissant dans la salle que j'ai repérée, une surprise nous attend. Ce ne sont pas les Trix qui s'y trouvent, mais

Mme Griffin ! Bloom est là aussi, plutôt mal en point.

Je me précipite vers elle et l'aide à se redresser :

— Bloom ! Ça va ?

— Ça peut aller... Les Trix m'avaient lancé un sort de cécité. Mais Griffin vient de me rendre la vue.

— Les Trix sont-elles parties avec le Codex ?

La directrice éclate de rire :

— Il n'est pas caché ici !

— Pourtant, Mme Griffin... D'après mes calculs, nous sommes au cœur de la Tour.

— C'est exact, Tecna. Mais c'est mon sauna magique qui se situe au cœur de la Tour Nuage ! Je viens y méditer et y reconstituer mon énergie, celle qui irradie toute l'école. Le Codex ne s'y trouve pas.

J'en reste bouche bée.

— Suivez-moi, mesdemoiselles, ajoute-t-elle. J'ai quelque chose pour vous.

Elle nous conduit dans son vaste bureau, perché au sommet de l'école.

— Les Trix parviennent à se déplacer très vite d'un point à l'autre de la Tour, parce qu'elles captent son énergie.

— C'est vrai ! s'exclame Flora. J'avais oublié que la Tour Nuage était vivante !

— Grâce aux pouvoirs que leur a donnés Darkar, elles ont réussi à prendre le contrôle d'une grande partie de la Tour. Elles peuvent traverser les murs et même déplacer des pièces entières.

— Pas possible ! Alors, nous sommes à leur merci !

— Exactement. Il est essentiel que vous restiez en permanence en contact les unes avec les autres.

Mme Griffin sort plusieurs pierres rouges très brillantes d'un coffret.

— Je vais vous prêter mes rubis magiques. À proximité de quelqu'un qui jette un sort sur la Tour, ils brillent. Ainsi, vous saurez si vous approchez des Trix.

— Mais comment communiquer entre nous ?

— Très bonne question. Je vais vous apprendre un nouveau sort. Regardez bien : *Exclamo !*

Sur le mur, apparaît une oreille géante ! Nous nous en approchons avec curiosité.

— Parlez dedans, et tous les murs transmettront le message.

Je suis éblouie.

— Quelle invention ingénieuse ! Pourriez-vous m'expliquer comment ça marche ?

— Pas le temps, Tecna. Ah, autre chose...

Nous n'avons qu'un rubis pour deux personnes. Après quelques

tractations, nous décidons des groupes suivants : Flora et Layla, Musa et Stella, les sorcières par paires, et enfin, Bloom et moi. Nous espérons que cette organisation limitera les disputes !

Deux par deux, nous déambulons dans la Tour, à la recherche d'un indice qui nous mènerait aux Trix.

Bloom est soucieuse :

— Chercher au petit bonheur la chance nous fait perdre beaucoup de temps... Les Trix, elles, doivent progresser vers la cachette du Codex...

— Ne me regarde pas comme ça, Bloom !

— Je ne te reproche rien !

— Il ne manquerait plus que ça !

Oh, là, là... Encore cette atmosphère maléfique qui nous

dresse les unes contre les autres... J'ai hâte de remplir notre mission et de quitter la Tour Nuage. Si nous restons trop longtemps ici, je parie que nous deviendrons comme les sorcières : égoïstes, jamais contentes, et incapables de gentillesse...

Chapitre 7

Ma techno-magie

Je fais un effort pour parler avec courtoisie :

— Et mes techno-pouvoirs, Bloom ? Si tu me laisses y réfléchir quelques minutes, je pourrais peut-être améliorer ces rubis...

Je calcule quelque chose sur mon ordinateur magique. Bloom se précipite vers la porte :

— Tecna, les murs nous parlent ! C'est un appel à l'aide ! Nos amies sont en danger !

— Hé, Bloom ! Tu ne sais même pas dans quelle partie de la Tour les chercher ! Tu veux partir à l'aveuglette ? Et puis, de toute façon, on reste ensemble, ne l'oublie pas ! Je ne veux pas avoir à dégeler de nouveau !

— D'accord. J'attends que tu aies fini... Mais dépêche-toi !

— Je fais ce que je peux !

De mon ordinateur magique, jaillit une figure géométrique lumineuse. Je pose le rubis de Mme Griffin au sommet des droites qui se croisent. L'opération est minutieuse mais, à mon avis, le résultat vaudra le coup...

— Tu vois, Bloom. Avec ça, nous allons pouvoir localiser les Trix, en une seule fois, n'importe où dans la Tour ! C'est juste une question d'incantation...

— Ça ne va pas être trop long ?

— Je ne peux pas bâcler l'incantation !

— Bon, bon...

Quelques très, très longues minutes plus tard, une faible

lueur apparaît sur la figure géométrique.

— Et voilà !...

— Enfin ! Je commençais à
m'ennuyer !

— Ça va, n'exagère pas...

Ah, vivement qu'on sorte d'ici,
et que je retrouve mon amie, la
Bloom que j'aime : douce, posi-
tive et patiente !

— Regarde ! Les Trix sont...
dans la cafétéria. C'est là qu'elles
ont attaqué nos amies !

— Vite ! Allons-y !

S'il y a une qualité que Bloom
ne perd jamais, même chez les
sorcières, c'est son courage.

— Attends-moi ! J'arrive !

Le bon côté de cette histoire, c'est que si on remet la main sur les Trix, ce sera grâce à mon invention. Personne n'osera plus se moquer de mon goût pour la techno-magie !

Dans le couloir, nous retrouvons des sorcières qui semblent fuir. Que se passe-t-il ? En passant, l'une d'elles crie à notre intention :

— Vos amies sont prisonnières des murs !

Nous nous mettons à courir avec elles.

— Comment ça, des murs ?

— Certains murs obéissent aux Trix ! Elles ont pris le contrôle d'une grande partie de la Tour !

En effet, derrière nous, le sol se soulève. Il forme de gigantesques vagues de pierres, qui tentent de nous avaler ! Sous nos pieds, des gouffres s'ouvrent. Quelques sorcières y tombent !

On dirait que la Tour est devenue folle ! Que fait Mme Griffin ? Où est-elle ? Pourquoi ne vient-elle pas à notre secours ? Elle se rend sûrement compte qu'il se passe quelque chose !

Soudain, au milieu des murs, surgissent les Trix ! Les dernières sorcières qui nous accompagnent ont le temps de s'enfuir. Seules Bloom et moi faisons face à nos ennemies !

Icy ricane, à son habitude :

— Vous n'avez aucune chance !

— Épargne-nous tes pronostics ! dis-je.

Mais je reconnais que je dis ça par fierté. Car hélas, elle a raison. Depuis que Darkar a amplifié leurs pouvoirs maléfiques, les Trix sont plus fortes que nous.

Bloom et moi rassemblons tous nos pouvoirs. Stormy me prend pour cible et m'atteint à la jambe. Je m'effondre sur le sol, incapable de me battre. Mon amie échappe de peu à une deuxième attaque.

— Nous trois contre Bloom, cela commence à devenir répétitif, se plaint faussement Stormy.

— Tu n'as qu'à t'en charger toute seule, rigole Icy.

— On te soutiendra de loin, se moque Darcy.

Chapitre 8

Le pouvoir de la Tour Nuage

Bloom lance courageusement tous ses pouvoirs sur Stormy, qui les arrête d'une main avant de répliquer.

Soudain, il se passe quelque chose d'étrange. Un mur se dresse entre les Trix et nous, stoppant net l'énergie négative de Stormy ! Tiens, tiens... On dirait que la Tour s'est trouvé un nouveau maître...

Bloom en profite pour diriger sur moi ses pouvoirs de guérison. Je me remets debout. Protégées par ce nouveau mur, nous déployons nos ailes.

— Vite, fuyons !

Nous volons à tire-d'aile dans les couloirs, bientôt poursuivies par les Trix.

Une voix parvient jusqu'à nous, grâce aux oreilles des murs :

— Bloom ! Tecna ! Tenez bon, j'ai encore besoin de quelques secondes !

Mais... C'est la voix de Mme Griffin. Elle ne nous a donc pas abandonnées !

Maintenant, les murs viennent

de toute part à notre secours ! Ils se positionnent autour des Trix : devant, derrière, sur les côtés, et finissent par les enfermer.

J'ai compris ! Mme Griffin a réussi à reprendre le contrôle de la Tour Nuage aux Trix !

Soudain, Stella et Musa atterrissent à nos pieds.

— Oh ! Stella ! Musa ! D'où venez-vous ?

— Nous étions prisonnières des murs ! Ils viennent de nous relâcher.

Et voici Layla et Flora ; la Tour vient de les libérer.

Mme Griffin nous rejoint, triomphante mais pressée :

— Je pars libérer les sorcières encore prisonnières. Vous les Winx, occupez-vous des Trix. Et n'oubliez pas : pour les vaincre, vous devez travailler en équipe !

À peine a-t-elle disparu que la Tour se met à trembler. Des portes apparaissent ici et là, avant de disparaître aussitôt. Le plancher s'écroule, les cloisons tombent, des pans de murs s'effondrent, laissant apparaître le ciel en plusieurs endroits.

— Sortons d'ici en vitesse !
s'écrie Bloom.

Nous profitons d'une des nouvelles ouvertures pour filer au dehors.

Ah !... Comme ça fait du bien de respirer l'air frais de l'extérieur ! D'un seul coup, nous sommes débarrassées de l'abominable atmosphère de la Tour Nuage !

Une idée me vient. Bien que l'école des sorcières ne ressemble pas à un arbre, peut-être aurions-nous dû prendre plus au sérieux la description faite par les professeurs à notre arrivée. Je demande à Flora :

— En général, les fruits poussent au sommet des arbres, non ?

— C'est vrai. Ils se mettent à l'abri des prédateurs.

— Alors, allons voir au sommet de la Tour ! C'est peut-être là qu'est caché le Codex !

Nous volons jusqu'au point culminant du bâtiment où se trouve une minuscule tourelle que nous n'avions pas remarquée jusqu'à présent.

Les Trix ont eu la même idée que nous ! Elles lancent un sort contre la tourelle, qui s'ouvre comme un fruit mûr. Une mini-fée inconnue en sort.

— Je suis Discordia, la protectrice de la Tour Nuage.

Nous devinons qu'elle est la gardienne d'une partie du Codex, celle qui est cachée dans l'école des sorcières.

Hors de la Tour maléfique, nous les Winx avons retrouvé notre capacité à combattre ensemble.

— Magie des Winx !

Au même moment, les Trix nous lancent leur sort. La tourelle explose. Notre magie sauve la mini-fée Discordia. Mais hélas, pas le Codex, qui tombe aux mains des Trix !

Dès qu'elles s'en sont emparées, elles disparaissent.

Nous n'avons plus rien à faire à la Tour Nuage. Très soulagées, nous repartons vers notre chère école d'Alféa. Mais c'est la tête basse que nous allons raconter nos aventures à Mme Faragonda.

— Je suis désolée, dis-je. Ma techno-magie n'a pas été à la hauteur.

Notre directrice nous écoute avec beaucoup de bonté.

— Ne te fais aucun reproche, Tecna. Tu as lutté de ton mieux. Je suis fière de vous mes chères petites fées, malgré votre défaite. Vous vous êtes battues avec beaucoup de courage. Et vous avez résisté de manière remarquable à l'atmosphère empoisonnée de la Tour !

C'est vrai. Cette ambiance a bien failli tuer notre amitié. Mais elle a survécu à cette épreuve. Ouf !...

FIN

Quel nouveau plan maléfique les Winx devront-elles déjouer ?
Pour le savoir,
regarde vite la page suivante !

Bloom et ses amies sont prêtes
pour de nouvelles aventures !

Dans *Le village des
mini-fées*, le 14e
volume de la série
Winx Club

Les Winx partent aux sports d'hiver, car
Mme Faragonda veut les aider à retrouver
leur esprit d'équipe. Hélas, pendant leur
absence, Icy réussit à piéger la mini-fée
Stamp. Celle-ci la conduit dans le village
des mini-fées, où est cachée une partie du
Codex...

Les as-tu tous lus ?

Retrouve toutes les histoires de tes fées préférées dans les livres précédents…

1. Les pouvoirs de Bloom

2. Bienvenue à Magix

3. L'université des fées

4. La voix de la nature

5. La Tour Nuage

6. Le Rallye de la Rose

7. Les mini-fées

8. Le mariage de Brandon

9. L'étrange Avalon

10. À la poursuite du Codex

11. Sur la planète du prince Sky

12. Que la fête continue !

www.bibliothequerose.com

Le site de tes héros préférés

TES SÉRIES PRÉFÉRÉES

CONCOURS

QUOI DE NEUF ?

L'ATELIER

LA BOUTIQUE

LA BIBLIOTHÈQUE ROSE

Table

Composition **Nord Compo** – Villeneuve d'Ascq

Imprimé en France par Jean-Lamour - Groupe Qualibris
Dépôt légal : décembre 2007
20.20.1375.3/03 – ISBN 978-2-01-201375-9
Loi n°49-956 du 16 juillet 1949
sur les publications destinées à la jeunesse